Alexander   Eliasberg, Anton Tschechow, W. N. Massjutin

Der persische Orden und andere Grotesken

Alexander   Eliasberg, Anton Tschechow, W. N. Massjutin

Der persische Orden und andere Grotesken

ISBN/EAN: 9783337357689

Hergestellt in Europa, USA, Kanada, Australien, Japan

Cover: Foto ©Andreas Hilbeck / pixelio.de

Weitere Bücher finden Sie auf **www.hansebooks.com**

ANTON TSCHECHOW

Der Persische Orden

und andere Grotesken

Mit
acht Holzschnitten
von

W. N. MASSJUTIN

1922
Welt-Verlag / Berlin

Deutsch von Alexander Eliasberg

Inhaltsverzeichnis

Der Persische Orden

In einer der diesseits des Urals gelegenen Städte verbreitete sich das Gerücht, daß dieser Tage im Hotel »Japan« der persische Würdenträger Rachat-Chelam abgestiegen sei. Dieses Gerücht machte auf die Bürger nicht den geringsten Eindruck: ein Perser ist angekommen, was ist denn dabei? Nur das Stadthaupt Stepan Iwanowitsch Kuzyn wurde, als er vom Sekretär des Magistrats über die Ankunft des Orientalen erfuhr, nachdenklich und fragte:

»Wohin reist er denn?«

»Ich glaube, nach Paris oder nach London.«

»Hm! ... Ist also ein großes Tier?«

»Das weiß der Teufel.«

Als das Stadthaupt aus dem Magistrat heimgekommen war und zu Mittag gegessen hatte, wurde es wieder nachdenklich und dachte diesmal bis zum Abend durch. Die Ankunft des vornehmen Persers intrigierte ihn außerordentlich. Er glaubte, das Schicksal selbst habe ihm diesen Rachat-Chelam gesandt und endlich sei der günstige Augenblick zur Verwirklichung seines sehnlichsten und leidenschaftlichsten Wunsches gekommen. Kuzyn besaß nämlich schon zwei Medaillen, den Stanislaus-Orden III.

Klasse, die Denkmünze des Roten Kreuzes und das Abzeichen des »Vereins zur Rettung Schiffbrüchiger«; außerdem hatte er sich ein Anhängsel für die Uhrkette machen lassen, das ein mit einer Gitarre gekreuztes goldenes Gewehr darstellte und das, aus dem Knopfloch seines Uniformrocks heraushängend, aus der Ferne wie etwas Besonderes aussah und als ein Ehrenzeichen angesehen werden konnte. Es ist bekannt, daß je mehr Orden und Medaillen einer hat, er um so mehr weitere haben möchte, – das Stadthaupt wollte aber schon längst den Persischen Sonnen- und Löwenorden haben, er wollte es leidenschaftlich, wahnsinnig. Er wußte sehr gut, daß man zur Erlangung dieses Ordens weder kämpfen, noch Gelder für Waisenanstalten spenden, noch ein Ehrenamt bekleiden muß, sondern bloß einer günstigen Gelegenheit bedarf. Nun schien es ihm, daß diese Gelegenheit eingetreten sei.

Am anderen Tag, um die Mittagsstunde, legte er alle seine Ehrenzeichen und die Uhrkette an und begab sich ins Hotel »Japan«. Das Schicksal war ihm günstig. Als er das Zimmer des vornehmen Persers betrat, war jener allein und unbeschäftigt. Rachat-Chelam, ein riesengroßer Asiate mit einer langen Schnepfennase und hervorstehenden Glotzaugen, saß, einen Fez auf dem Kopfe, auf dem Fußboden und wühlte in seinem Koffer.

»Entschuldigen Sie gütigst die Belästigung«, begann Kuzyn mit einem Lächeln. »Habe die Ehre, mich vorzustellen: erblicher Ehrenbürger und Ritter verschiedener Orden, Stepan Iwanowitsch Kuzyn, der Bürgermeister dieser Stadt. Ich halte es für meine Pflicht, in Ihrer Person den Vertreter einer uns sozusagen freundnachbarlichen Großmacht zu begrüßen.«

Der Perser wandte sich um und murmelte etwas in einem sehr schlechten Französisch, das wie Klopfen von Holz gegen Holz klang.

»Die Grenzen Persiens«, fuhr Kuzyn in seiner vorher zurechtgelegten Ansprache fort, »berühren eng die Grenzen unseres ausgedehnten Vaterlandes, und die gegenseitigen Sympathien bewegen mich daher, Ihnen unsere Solidarität auszusprechen.«

Der vornehme Perser erhob sich und murmelte wieder etwas, in seiner hölzernen Sprache. Kuzyn, der keine fremden Sprachen beherrschte, schüttelte den Kopf, um ihm zu bedeuten, daß er nichts verstehe.

– Wie soll ich mit ihm reden? – dachte er sich. – Es wäre gut, einen Dolmetscher kommen zu lassen, aber es ist eine heikle Angelegenheit, und vor Zeugen kann ich darüber nicht gut sprechen. Der Dolmetscher wird es in der ganzen Stadt ausposaunen. –

Und Kuzyn fing an, alle Fremdworte zusammenzukramen, die er aus den Zeitungen wußte.

»Ich bin Stadthaupt ...« stammelte er. »Das heißt, Lord-Maire ... Municipalé ... Wui? Komprené?«

Er wollte durch Worte und Mienenspiel seine gesellschaftliche Stellung erklären und wußte nicht, wie es zu machen. Zur Hilfe kam ihm das Bild mit der Unterschrift »Stadt Venedig«, das an der Wand hing. Er zeigte mit dem Finger auf die Stadt und dann auf seinen Kopf und glaubte auf diese Weise den Satz »Ich bin das Stadthaupt« ausgedrückt zu haben. Der Perser verstand absolut nichts, lächelte aber und sagte:

»Bon, monsieur ... bon ...«

Eine halbe Stunde später klopfte das Stadthaupt den Perser bald aufs Knie, bald auf die Schulter und sprach:

»Komprené? Wui? Als Lord-Maire und Municipalé ... schlage ich Ihnen vor, eine kleine Promenade zu machen ... Komprené? Promenade ...«

Kuzyn wandte sich wieder der Ansicht Venedigs zu und

stellte mittelst zweier Finger ein Paar schreitende Beine dar. Rachat-Chelam, der keinen Blick von seinen Medaillen wandte und offenbar ahnte, daß er die wichtigste Person der Stadt vor sich habe, begriff das Wort »Promenade« und grinste höflich. Dann zogen die beiden ihre Mäntel an und verließen das Zimmer. Unten vor der Tür zum Restaurant »Japan« sagte sich Kuzyn, daß es gar nicht schaden würde, den Perser zu bewirten. Er blieb stehen, zeigte auf die Tische und sagte:

»Nach russischer Sitte, es wäre nicht schlecht ... Ich meine: Purée, entre-côte ... Champagne usw. ... Komprené?«

Der vornehme Gast kapierte es, und eine Weile später saßen die beiden im besten Extrazimmer des Restaurants, tranken Sekt und aßen.

»Wollen wir auf das Gedeihen Persiens trinken!« sagte Kuzyn. »Wir Russen lieben die Perser. Wir sind zwar verschiedenen Glaubens, aber die gemeinsamen Interessen, sozusagen die gegenseitigen Sympathien ... der Fortschritt ... die asiatischen Märkte ... sozusagen die friedlichen Eroberungen ...«

Der vornehme Perser aß mit großem Appetit. Er bohrte seine Gabel in einen Störrücken, nickte mit dem Kopf und sagte:

»Gut! Bien!«

»Gefällt das Ihnen?« fragte das Stadthaupt erfreut. »Bien? Wunderschön!« Dann wandte er sich an den Kellner und sagte: »Luka, laß seiner Exzellenz zwei Störrücken aufs Zimmer bringen, von den besten!«

Das Stadthaupt und der persische Würdenträger fuhren darauf die Menagerie besichtigen. Die Bürger sahen, wie ihr Stepan Iwanowitsch, rot vom getrunkenen Sekt, lustig und sehr zufrieden den Perser durch die Hauptstraßen der Stadt und auf den Markt führte und ihm die Sehenswürdigkeiten

11

zeigte; er bestieg mit ihm auch den Feuerwachtturm.

Die Bürger sahen u. a., wie er vor einem löwenflankierten steinernen Tore stehen blieb und dem Perser erst einen der Löwen und dann die Sonne am Himmel zeigte, sich dann auf die Brust tippte, dann wieder auf den Löwen und auf die Sonne wies, worauf der Perser bejahend mit dem Kopfe nickte und lächelnd seine weißen Zähne zeigte. Am Abend saßen die beiden im Hotel »London« und hörten einem Damenchor zu; wo sie aber in der Nacht waren, ist unbekannt.

Am nächsten Morgen kam das Stadthaupt in den Magistrat; die Angestellten schienen schon etwas zu ahnen: der Sekretär ging auf ihn zu und sagte ihm mit einem spöttischen Lächeln:

»Die Perser haben folgende Sitte: wenn zu Ihnen ein vornehmer Gast kommt, sind Sie verpflichtet, für ihn eigenhändig einen Hammel zu schlachten.«

Etwas später reichte man ihm aber einen Brief, der mit der Post gekommen war. Kuzyn öffnete den Umschlag und fand darin eine Karikatur. Sie stellte Rachat-Chelam dar und das Stadthaupt, das vor ihm auf den Knien lag und, die Hände zu ihm emporstreckend, sagte:

> Um Rußlands und des Perserreichs
> Freundschaftsbeziehungen zu achten,
> Würd' ich, Herr Botschafter, respektvoll
>   grenzenlos
> Mich selber gern als einen Hammel schlachten,
> Doch Sie verzeih'n: ein Esel bin ich bloß!

Das Stadthaupt empfand ein unangenehmes Gefühl in der Herzgrube, es hielt aber nicht lange an. Um die Mittagsstunde war er schon wieder beim vornehmen Perser, bewirtete ihn wieder im Restaurant, zeigte ihm die Sehenswürdigkeiten der Stadt, führte ihn wieder vor das

Löwentor und wies wieder bald auf den Löwen, bald auf die Sonne und bald auf seine Brust. Sie speisten im Hotel »Japan« und bestiegen nach dem Essen, mit Zigarren im Munde und geröteten strahlenden Gesichtern, wieder den Feuerwachtturm. Das Stadthaupt wollte wohl dem Gast ein seltenes Schauspiel bieten und rief von oben dem unten auf und ab gehenden Wächter zu:

»Leute, Alarm!«

Aber aus dem Alarm wurde nichts, da alle Feuerwehrleute sich um diese Stunde im Dampfbade befanden.

Sie soupierten im Hotel »London«, und gleich darauf reiste der Perser ab. Stepan Iwanowitsch küßte ihn beim Abschied nach russischer Sitte dreimal und vergoß sogar einige Tränen. Als der Zug sich in Bewegung setzte, rief er ihm nach:

»Grüßen Sie von uns Persien. Sagen Sie ihm, daß wir es lieben!«

Ein Jahr und vier Monate waren vergangen. Es herrschten ein strenger Frost von etwa fünfunddreißig Grad, begleitet von einem durchdringenden Wind. Stepan Iwanowitsch ging durch die Straße, den Pelzmantel an der Brust geöffnet, und ärgerte sich furchtbar darüber, daß niemand ihm begegnete und seinen Sonnen- und Löwenorden sah. So ging er im offenen Pelz bis zum Abend und war ganz erfroren; in der Nacht aber wälzte er sich von der einen Seite auf die andere und konnte keinen Schlaf finden.

Es war ihm schwer zumute, in seinem Innern brannte es, und sein Herz klopfte unruhig: jetzt gelüstete es ihn nach dem Serbischen Takowo-Orden. Es gelüstete ihn qualvoll und leidenschaftlich.

Die Simulanten

Die Generalin Marfa Petrowna Petschonkina oder, wie die Bauern sie nennen, die Petschonkin'sche, die schon seit zehn Jahren die homöopathische Praxis ausübt, empfängt an einem Maidienstag in ihrem Kabinett Kranke. Sie hat vor sich auf dem Tisch einen homöopathischen Arzneikasten, ein Handbuch der Homöopathie und Rechnungen von der homöopathischen Apotheke. An der Wand hängen in goldenen Rahmen die Briefe irgendeines Petersburger Homöopathen, eines nach Ansicht Marfa Petrownas sehr berühmten und sogar großen Mannes und das Bildnis des Priesters P. Aristarch, dem die Generalin ihre Rettung zu verdanken hat: die Lossagung von der schädlichen Allopathie und die Erkenntnis der Wahrheit. Im Vorzimmer warten die Patienten, zum größten Teil Bauern. Sie alle sind mit Ausnahme von zwei oder drei barfuß, da die Generalin befohlen hat, die stinkenden Stiefel draußen zu lassen.

Marfa Petrowna hat schon zehn Patienten abgefertigt und ruft den elften:

»Gawrila Grusdj!«

Die Tür geht auf, und statt des Gawrila Grusdj tritt ins Zimmer der Nachbar der Generalin, der verarmte Gutsbesitzer Samuchrischin, ein kleines altes Männchen mit trüben Augen und einer Mütze mit rotem Rand. Er stellt seinen Stock in die Ecke, geht auf die Generalin zu und sinkt vor ihr stumm auf ein Knie.

»Was fällt Ihnen ein! Was fällt Ihnen ein, Kusjma Kusjmitsch!« entsetzt sich die Generalin, über und über rot. »Um Gottes Willen!«

»Solange ich lebe, stehe ich nicht auf!« sagt
Samuchrischin, die Lippen an ihre Hand drückend. »Soll
das ganze Volk sehen, wie ich vor Ihnen niederknie, Sie
unser Schutzengel, Sie Wohltäterin des
Menschengeschlechts! Sollen sie nur! Vor der wohltätigen
Fee, die mir das Leben geschenkt, den wahren Weg gewiesen
und mein skeptisches Klügeln erleuchtet hat, will ich nicht
nur auf den Knien, sondern auch in Flammen liegen, Sie
unsere wunderbare Ärztin, Mutter der Armen und

16

Verwitweten! Ich bin gesund geworden! Ich bin auferstanden, Zauberin!«

»Es ... es freut mich ...!« murmelt die Generalin, vor Vergnügen errötend. »Es ist angenehm, so etwas zu hören ... Setzen Sie sich bitte! Am vorigen Dienstag waren Sie aber so schwer krank!«

»Ja, so schwer! Es wird mir bange, wenn ich daran zurückdenke!« sagt Samuchrischin, Platz nehmend. »In allen Körperteilen und Organen saß mir der Rheumatismus. Acht Jahre habe ich mich gequält und keine Ruhe gehabt ... Weder bei Tag, noch bei Nacht, meine Wohltäterin! Ich habe mich von Ärzten behandeln lassen, habe Professoren in Kasan konsultiert, Moorbäder genommen und Brunnen getrunken, alles, alles habe ich ausprobiert! Mein ganzes Vermögen ist draufgegangen, Mütterchen. Die Ärzte haben mir aber nur geschadet, sie haben mir meine Krankheit ins Innere getrieben. Hineintreiben können sie wohl, aber wieder heraustreiben – das können sie nicht, so weit ist ihre Wissenschaft noch nicht ... Sie lieben nur Geld zu nehmen, diese Räuber, was aber das Wohl der Menschheit betrifft, so kümmern sie sich darum nicht viel. Er verschreibt mir irgendeine Chiromantie, und ich muß sie trinken. Mit einem Worte, es sind Mörder. Wenn Sie nicht wären, mein Engel, so läge ich schon im Grabe! Wie ich am vorigen Dienstag von Ihnen heimkomme und mir diese Streukügelchen ansehe, die Sie mir gegeben haben, denke ich mir: ›Was können die nützen? Können denn diese kaum sichtbaren Sandkörnchen meine schwere, alte Krankheit heilen?‹ So denke ich mir, Kleingläubiger, und lächele; kaum habe ich aber so ein Kügelchen eingenommen, als meine ganze Krankheit im Nu verschwunden ist. Meine Frau glotzt mich an und traut ihren Augen nicht. ›Bist du es, Kolja?‹ – ›Ja, ich bin es.‹ Wir knieten beide vor dem Heiligenbilde nieder und beteten für unseren Engel: Herr, gib ihr alles, was wir ihr wünschen!«

Samuchrischin wischt sich mit dem Ärmel die Augen ab, erhebt sich von seinem Stuhl und zeigt die Absicht, wieder niederzuknien, aber die Generalin hindert ihn daran und läßt ihn wieder Platz nehmen.

»Danken Sie nicht mir,« sagt sie, vor Erregung errötend, mit einem Blick auf das Bildnis des P. Aristarch. »Nein, nicht mir! Ich bin hier nur ein gefügiges Werkzeug ... Es ist wirklich ein Wunder! Ein vernachlässigter achtjähriger Rheumatismus ist nach einer einzigen Pille Skrophuloso vergangen!«

»Sie waren so gütig, mir drei Kügelchen zu geben. Das eine nahm ich zu Mittag, und es wirkte sofort! Das andere nahm ich am Abend und das dritte am nächsten Tag, und seitdem spüre ich nichts mehr! Wenn es mich auch nur irgendwo zwicken wollte! Ich dachte aber schon an den Tod und hatte sogar meinem Sohne nach Moskau geschrieben, daß er kommen solle! Eine solche Weisheit hat Ihnen der Herr beschieden, Sie Wundertäterin! Jetzt fühle ich mich wie im Paradies ... Am vorigen Dienstag, als ich bei Ihnen war, hinkte ich noch, jetzt könnte ich aber wie ein Hase hüpfen ... Ich kann auch noch hundert Jahre leben. Nur eines bedrückt mich noch – meine große Armut. Ich bin zwar gesund, aber was taugt mir meine Gesundheit, wenn ich nicht habe, wovon zu leben? Die Not bedrückt mich noch schwerer als die Krankheit ... Zum Beispiel eine solche Sache ... Jetzt ist Zeit, Hafer zu säen, wie soll ich ihn aber säen, wenn ich keine Saat habe? Ich müßte welche kaufen, aber das Geld dazu ... woher soll ich welches haben?«

»Ich will Ihnen Hafer geben, Kusjma Kusjmitsch ... Bleiben Sie nur sitzen! Sie haben mich so sehr erfreut, Sie haben mir solches Vergnügen bereitet, daß ich Ihnen danken muß, und nicht Sie mir!«

»Sie, unsere Freude! Was für eine Herzensgüte der liebe

Gott manchmal in die Welt setzt! Freuen Sie sich, Mütterchen, Ihrer guten Werke! Wir Sünder haben aber nichts, dessen wir uns freuen könnten ... Wir sind kleine, kleinmütige, unnütze Menschen ... Ameisen ... Wir nennen uns nur Gutsbesitzer, in materieller Beziehung sind wir aber wie die Bauern, sogar noch schlimmer ... Wir wohnen zwar in steinernen Häusern, aber es ist nur eine Fata Morgana, denn das Dach ist undicht, so daß es hineinregnet ... Ich habe kein Geld, um Schindeln zu kaufen.«

»Ich will Ihnen Schindeln geben, Kusjma Kusjmitsch.«

Samuchrischin erbittet sich noch eine Kuh, einen Empfehlungsbrief für seine Tochter, die er ins Institut geben will, und ist von der Freigebigkeit der Generalin so gerührt, daß er vor Überfluß an Gefühlen aufschluchzt, den Mund verzieht und sein Tuch aus der Tasche holt ... Die Generalin sieht, wie zugleich mit dem Tuch aus seiner Tasche ein rotes Papierchen zum Vorschein kommt und lautlos auf den Boden fällt.

»Mein Lebtag vergesse ich es nicht ...« stammelt er. »Ich werde es auch meinen Kindern befehlen, auch meinen Enkeln ... von Geschlecht zu Geschlecht ... Kinder, das ist sie, die mich vom Tode errettet hat, sie, die ...«

Nachdem die Generalin den Patienten hinausbegleitet hat, sieht sie eine Minute lang mit tränenfeuchten Augen auf das Bild des P. Aristarch, läßt dann ihren freundlichen, andächtigen Blick über den Arzneikasten, die Handbücher, die Rechnungen und den Sessel schweifen, in dem eben der von ihr vom Tode errettete Mensch gesessen hat, und bemerkt schließlich das vom Patienten fallengelassene Papier. Die Generalin hebt das Papier auf und findet darin drei Streukügelchen, die gleichen Kügelchen, die sie am letzten Dienstag Samuchrischin gegeben hat.

»Es sind dieselben ...« sagt sie sich erstaunt. »Es ist sogar dasselbe Papier ... Er hat es nicht mal entfaltet! Was hat er dann eingenommen? Sonderbar ... Er wird mich doch nicht betrügen.«

In die Seele der Generalin schleicht sich zum ersten Male in ihrer zehnjährigen Praxis ein Zweifel ein ... Sie nimmt die folgenden Kranken vor und merkt, während sie mit ihnen über ihre Leiden spricht, manches, was sie bisher seltsamerweise überhört hat. Alle Kranken ohne Ausnahme preisen erst wie auf Verabredung ihre wunderbare Heilkunst, entzücken sich über ihre medizinische Weisheit, schimpfen auf die allopathischen Ärzte und beginnen dann, wenn sie vor Erregung rot geworden ist, mit der Schilderung ihrer Nöte. Der eine bittet um ein Stück Ackerland, der andere um Brennholz, der dritte um Erlaubnis, in ihren Waldungen zu jagen usw. Sie schaut auf das breite, gutmütige Antlitz des P. Aristarch, der ihr die Wahrheit offenbart hat, und eine neue Wahrheit beginnt ihr am Herzen zu nagen. Es ist eine unangenehme, schwere Wahrheit.

Listig ist der Mensch!

20

Aus dem Tagebuch des zweiten Buchhalters

1863, d. 11. Mai. Unser sechzigjähriger Buchhalter Glotkin hat anläßlich seines Hustens Milch mit Kognak getrunken und ist infolgedessen an Delirium tremens erkrankt. Die Ärzte behaupten mit der ihnen eigenen Sicherheit, daß er morgen sterben wird. Endlich werde ich erster Buchhalter werden! Diese Stelle ist mir schon längst versprochen.

Der Sekretär Kleschtschow kommt vors Gericht, weil er einen Bittsteller verprügelt hat, der ihn einen Bürokraten nannte. Das scheint beschlossene Sache zu sein.

Ich nahm eine Kräuterabkochung gegen Magenkatarrh ein.

1865, d. 3. August. Der Buchhalter Glotkin ist wieder brustkrank. Er hustet und trinkt Milch mit Kognak. Wenn er stirbt, kriege ich seine Stelle. Ich hoffe darauf, aber meine Hoffnung ist schwach, denn das Delirium tremens scheint nicht immer tödlich zu sein!

Kleschtschow hat einem Armenier einen Wechsel aus der Hand gerissen und vernichtet. Vielleicht kommt er deswegen vors Gericht.

Eine Alte (Gurjewna) sagte mir gestern, ich hätte keinen Magenkatarrh, sondern versteckte Hämorrhoiden. Es ist sehr möglich!

1867, d. 30. Juni. In Arabien herrscht, wie man berichtet, die Cholera. Vielleicht kommt sie auch nach Rußland, und dann wird es viel Vakanzen geben. Vielleicht wird der alte Glotkin sterben, und dann werde ich erster Buchhalter. Zäh ist der Mensch! So lange zu leben, ist, meiner Ansicht nach, sogar sträflich!

Was soll ich noch gegen meinen Magenkatarrh einnehmen? Vielleicht Zitwersamen?

1870, d. 2. Januar. Im Hofe bei Glotkin hat die ganze Nacht ein Hund geheult. Meine Köchin Pelageja sagt, dies sei ein sicheres Zeichen, und ich sprach mit ihr bis zwei Uhr nachts darüber, daß ich mir, wenn ich erster Buchhalter geworden bin, einen Waschbärpelz und einen Schlafrock anschaffen werde. Vielleicht werde ich auch heiraten. Natürlich kein Mädchen, denn das steht mir bei meinem

Alter nicht an, sondern eine Witwe.

Gestern wurde Kleschtschow aus dem Klub hinausgeworfen, weil er einen unanständigen Witz erzählt und sich über den Patriotismus des Mitglieds der Handelsdeputation Ponjuchow lustig gemacht hat. Der letztere will ihn, wie man sagt, verklagen.

Ich will mit meinem Magenkatarrh zu Doktor Botkin gehen. Man sagt, er behandele seine Patienten mit Erfolg …

1878, d. 4. Juni. In Wetljanka herrscht, wie man schreibt, die Pest. Die Leute sterben wie die Fliegen. Glotkin trinkt aus diesem Grunde Pfefferschnaps. Aber einem solchen Greis wird der Pfefferschnaps kaum helfen. Wenn die Pest herkommt, werde ich sicher erster Buchhalter werden.

1883, d. 4. Juni. Glotkin liegt im Sterben. Ich habe ihn besucht und ihn unter Tränen um Verzeihung gebeten, weil ich seinen Tod mit Ungeduld erwartet hatte. Er vergab es mir mit Tränen in den Augen und riet mir, gegen den Magenkatarrh Eichelkaffee zu trinken.

Kleschtschow ist aber wieder beinahe vors Gericht gekommen: er hat ein entliehenes Klavier bei einem Juden versetzt. Trotzalledem hat er schon den Stanislausorden und den Rang eines Kollegienassessors. Es ist merkwürdig, was in dieser Welt nicht alles möglich ist!

Ingwer 2 Solotnik, Galgant 1½ Solotnik, Königswasser 1 Solotnik, Drachenblut 5 Solotnik; mischen, mit einer Flasche Schnaps ansetzen und jeden Morgen ein Weinglas nüchtern gegen den Magenkatarrh einnehmen.

1883, d. 7. Juni. Gestern wurde Glotkin beerdigt. Der Tod dieses Greises gereichte mir nicht zum Segen! Er erscheint mir jede Nacht in einem weißen Gewand und winkt mit dem Finger. Wehe, wehe mir Verruchtem: erster Buchhalter bin nicht ich, sondern Tschalikow. Die Stelle bekam nicht ich, sondern ein junger Mann, der von der Tante der

Geheimrätin protegiert wird. Alle meine Hoffnungen sind dahin!

1886, d. 10. Juni. Tschalikow ist seine Frau durchgebrannt. Der Ärmste ist außer sich. Vielleicht wird er vor Kummer Hand an sich legen. Wenn er es tut, bin ich erster Buchhalter. Man spricht schon darüber. Also ist die Hoffnung noch nicht verloren, man kann noch leben, vielleicht erlebe ich auch noch den Waschbärpelz.

Was die Verheiratung betrifft, so bin ich nicht abgeneigt. Warum soll ich nicht heiraten, wenn sich eine gute Partie bietet, nur müßte ich mich mit jemand beraten; denn der Schritt ist ernst.

Kleschtschow hat gestern mit dem Geheimrat Lirmans die Gummischuhe vertauscht. Ein Skandal!

Der Portier Pajissij rät mir gegen den Magenkatarrh Sublimat einzunehmen. Ich will es versuchen.

Ein böser Junge

Iwan Iwanowitsch Lapkin, ein junger Mann von angenehmem Äußeren, und Anna Ssemjonowna Samblizkaja, ein junges Mädchen mit einer Stupsnase, gingen das steile Ufer hinunter und setzten sich auf die Bank. Die Bank stand am Wasser, im dichten jungen Weidengebüsch. Ein herrliches Plätzchen! Wenn man sich hersetzt, ist man von der ganzen Welt verborgen, nur die Fische und die Spinnen, die blitzschnell über das Wasser laufen, sehen einen. Die jungen Leute waren mit Angeln, Handnetzen, Regenwürmerbehältern und sonstigen Fischereigeräten ausgerüstet. Sie setzten sich und machten sich sofort an den Fischfang.

»Ich bin so froh, daß wir endlich allein sind,« begann Lapkin, sich umsehend. »Ich habe Ihnen viel zu sagen, Anna Ssemjonowna ... Sehr viel ... Als ich Sie zum ersten Male sah ... Eben beißt es bei Ihnen an ... Ich begriff damals, wozu ich lebe, ich begriff, wo das Idol ist, dem ich mein ehrliches Arbeitsleben weihen muß ... Ist wohl ein großer Fisch ... er beißt an ... Als ich Sie erblickte, lernte ich zum ersten Male die Liebe kennen, ich gewann Sie leidenschaftlich lieb! Ziehen Sie noch nicht ... lassen Sie ihn noch einmal anbeißen ... Sagen Sie mir, meine Teure, ich beschwöre Sie: darf ich auf Gegenliebe hoffen – nein, nicht auf Gegenliebe, das verdiene ich gar nicht, ich wage daran nicht mal zu denken, – sondern auf ... Ziehen Sie!«

Anna Ssemjonowna hob die Hand mit der Angelrute, zog sie mit einem Ruck heraus und schrie auf. In der Luft blitzte ein silberig-grünes Fischchen.

»Mein Gott, ein Barsch! Ach, ach ... Schneller! Er hat sich losgerissen!«

Der Barsch riß sich vom Haken los, hüpfte über den Rasen zu seinem heimatlichen Element ... und patsch – da war er schon im Wasser!

Auf der Jagd nach dem Fisch ergriff Lapkin, statt des Fisches, aus Versehen die Hand Anna Ssemjonownas und drückte sie, gleichfalls aus Versehen, an seine Lippen ... Sie versuchte, die Hand zurückzuziehen, aber es war schon zu spät: ihre Lippen trafen sich aus Versehen in einem Kuß. Das kam irgendwie ganz von selbst. Auf den ersten Kuß folgte ein zweiter, dann kamen Liebesschwüre und Versicherungen ... Glückliche Augenblicke! In diesem Erdenleben gibt es übrigens kein absolutes Glück. Das Glück trägt gewöhnlich das Gift in sich selbst oder wird durch irgend etwas von außen vergiftet. So war es auch diesmal. Als die jungen Leute sich küßten, ertönte plötzlich ein Lachen. Sie blickten auf den Fluß und erstarrten: Im Flusse stand bis an die Hüften im Wasser ein nackter Junge. Es war der Gymnasiast Kolja, der Bruder Anna Ssemjonownas. Er stand im Wasser, sah die jungen Leute an und lächelte giftig.

»Aha ... ihr küßt euch?« sagte er. »Schön! Ich will es der Mama sagen.«

»Ich hoffe, daß Sie als anständiger Mensch ...« stammelte Lapkin errötend.

»Spionieren ist gemein, denunzieren ist aber niederträchtig, häßlich und abscheulich ... Ich nehme an, daß Sie als edler und anständiger Mensch ...«

»Geben Sie mir einen Rubel, dann sage ich es nicht!« antwortete der anständige Mensch. »Sonst sage ich es.«

Lapkin holte aus der Tasche einen Rubel und gab ihn Kolja. Jener drückte den Rubel in der nassen Faust zusammen, stieß einen Pfiff aus und schwamm davon. Aber die jungen Leute küßten sich diesmal nicht mehr.

Am anderen Tage brachte Lapkin Kolja aus der Stadt

einen Tuschkasten und einen Ball, die Schwester schenkte ihm aber alle ihre leeren Pillenschachteln. Dann mußte man ihm auch noch die Manschettenknöpfe mit den Hundeköpfen schenken. Dem bösen Jungen gefiel es wohl sehr gut, und er fing an, um noch mehr zu kriegen, zu beobachten. Wohin sich auch Lapkin und Anna Ssemjonowna wandten, er folgte ihnen überall. Für keinen Augenblick ließ er sie allein.

»Schuft«, sagte Lapkin zähneknirschend. »So klein und ein so großer Schuft! Was wird noch aus ihm werden?!«

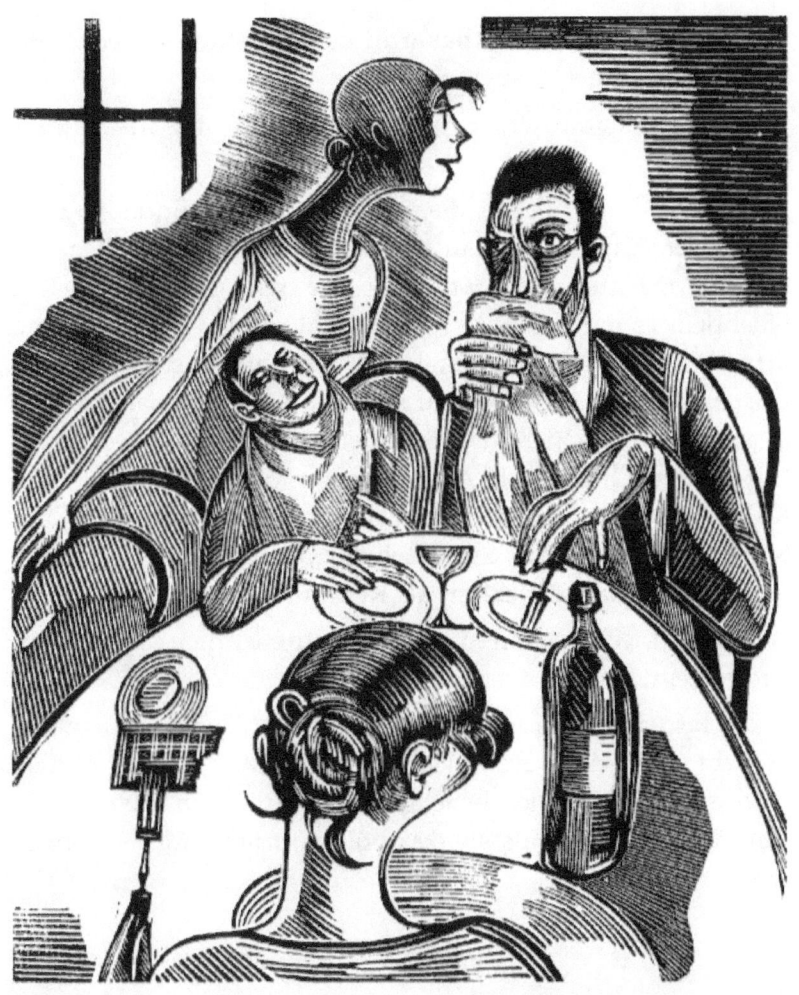

Kolja ließ den ganzen Juni den armen Verliebten keine Ruhe. Er drohte mit einer Anzeige, beobachtete sie und forderte Geschenke; alles war ihm zu wenig, und zuletzt brachte er die Rede auf eine Taschenuhr. Nun, man mußte ihm die Taschenuhr versprechen.

Einmal beim Mittagessen, als eben Waffeln gereicht wurden, lachte er plötzlich auf, blinzelte mit einem Auge und fragte Lapkin:

»Soll ich es sagen? Was?«

Lapkin errötete furchtbar und begann statt an der Waffel an der Serviette zu kauen.

Anna Ssemjonowna sprang auf und lief ins andere Zimmer.

In dieser Lage blieben die jungen Leute bis Ende August, bis zu dem Tag, als Lapkin Anna Ssemjonowna endlich den Antrag machte. Was war das für ein glücklicher Tag! Nachdem er mit den Eltern der Braut alles besprochen und ihre Einwilligung erhalten hatte, lief Lapkin sofort in den Garten und begann Kolja zu suchen. Als er ihn fand, brach er vor Freude schier in Tränen aus und packte den bösen Jungen am Ohr. Auch Anna Ssemjonowna, die gleichfalls Kolja suchte, kam herbei und packte ihn am anderen Ohr. Man muß das Entzücken gesehen haben, das die Gesichter der Verliebten ausdrückten, als Kolja weinte und flehte:

»Meine Lieben, meine Guten, ich tue es nicht mehr! Au, au, verzeiht mir!«

Die beiden gestanden später, daß sie, solange sie heimlich verliebt gewesen waren, kein einziges Mal solches Glück, solche atembeklemmende Seligkeit empfunden hätten, wie in den Augenblicken, als sie den bösen Jungen an den Ohren rissen.

Es war sie!

»Erzählen Sie uns etwas, Pjotr Iwanowitsch!« sagten die jungen Mädchen.

Der Oberst drehte seinen ergrauten Schnurrbart, räusperte sich und begann:

»Es war im Jahre 1843, als unser Regiment bei Czenstochowa lag. Ich muß Ihnen sagen, meine Damen, der Winter war in jenem Jahre so streng, daß kein Tag verging, wo sich die Wachtposten nicht die Nasen abfroren oder der Sturm die Straßen nicht mit Schnee verschüttete. Der Frost hatte Ende Oktober eingesetzt und hielt bis zum April an. Damals, müssen Sie wissen, war ich nicht der alte verrauchte Pfeifenkopf wie jetzt, sondern ein junger Bursche wie Blut und Milch, mit einem Worte, ein schöner Mann. Ich zierte mich wie ein Pfau, gab das Geld mit beiden Händen aus und drehte meinen Schnurrbart wie kein anderer Fähnrich auf der Welt. Ich brauchte oft nur mit einem Auge zu blinzeln, mit der Spore zu klirren und einmal den Schnurrbart zu streichen, damit die stolzeste Schöne sich sofort in ein sanftes Lamm verwandle. Ich war scharf auf die Weiber, wie eine Spinne auf die Fliegen, und wenn ich jetzt Ihnen, meine Damen, alle die Polinnen und Jüdinnen aufzählen wollte, die mir seinerzeit an den Hals flogen, so würden, ich versichere Sie, alle Zahlen der Mathematik nicht reichen ... Fügen Sie dem noch hinzu, daß ich Regimentsadjutant war, vorzüglich die Mazurka tanzte und mit einer allerliebsten Frau verheiratet war, Gott hab sie selig. Was ich für ein Taugenichts und ausgelassener Kerl war, – davon können Sie sich keinen Begriff machen! Wenn im Landkreise irgendeine tolle Liebesgeschichte passierte, wenn jemand einem Juden die Schläfenlocken ausriß oder einem polnischen Edelmann in die Fresse haute, so wußten alle sofort, daß Leutnant Wywertow es angestellt hatte.

»Als Regimentsadjutant mußte ich mich viel im ganzen Landkreise herumtreiben. Bald kaufte ich Hafer oder Heu ein, bald verkaufte ich den Juden und Gutsbesitzern unsere ausgemusterten Pferde, meistens aber fuhr ich, meine Damen, eine Dienstreise vortäuschend, zu einem Stelldichein mit irgendeinem polnischen Edelfräulein oder zu einem reichen Gutsbesitzer, bei dem man Karten spielte ... In der Nacht vor Weihnachten fuhr ich einmal, ich erinnere mich, als wäre es eben gewesen, aus Czenstochowa ins Dorf Schewelki, wohin man mich in einer dienstlichen Angelegenheit geschickt hatte ... Der Frost war so grimmig, daß sogar die Pferde husteten und ich und mein Fuhrmann in einer halben Stunde zu zwei Eiszapfen geworden waren ... Mit dem Frost konnte man sich noch befreunden, aber denken Sie sich nur, auf dem halben Wege erhebt sich plötzlich ein Schneesturm. Der Schnee wirbelte und kreiste wie der Teufel vor der Ostermesse, der Wind heulte, als hätte man ihm seine Frau genommen, die Straße war verschwunden ... In kaum zehn Minuten waren wir alle – ich, der Fuhrmann und die Pferde – über und über mit Schnee bedeckt.

›Euer Wohlgeboren, wir haben den Weg verloren!‹ sagte der Fuhrmann.

›Hol dich der Teufel! Wie hast du aufgepaßt, du Tölpel? Nun, fahre jetzt geradeaus, vielleicht stoßen wir auf eine Menschenwohnung!‹

»Wir fuhren und fuhren, immer im Kreise herum, und so gegen Mitternacht stießen unsere Pferde an das Tor eines Gutshofes, der, ich erinnere mich noch, einem Grafen Bojadlowski, einem reichen Polen gehörte. Die Polen und die Juden sind für mich dasselbe wie Meerrettich nach dem

Essen, aber ich muß die Wahrheit sagen: die polnischen Edelleute sind gastfreundlich, und es gibt keine heißeren Weiber als junge Polinnen ...

»Man ließ uns ein ... Der Graf Bojadlowski lebte damals in Paris, und uns empfing sein Verwalter, der Pole Kasimir Chapzinski. Ich erinnere mich, es war keine Stunde vergangen, als ich schon in der Wohnung des Verwalters saß, seiner Frau den Hof machte, trank und Karten spielte. Als ich fünf Dukaten gewonnen und genug getrunken hatte, bat ich um ein Nachtlager. Da es im Verwalterflügel keinen Platz gab, wies man mir ein Zimmer im gräflichen Herrenhause an.

›Fürchten Sie Gespenster?‹ fragte mich der Verwalter, mich in ein kleines Zimmer geleitend, das neben einem riesengroßen Saal voller Kälte und Finsternis lag.

›Gibt es denn hier Gespenster?‹ fragte ich, während ein dumpfes Echo meine Worte und Schritte wiederholte.

›Ich weiß es nicht,‹ antwortete der Pole lachend, ›aber mir scheint, daß es ein für Gespenster und unsaubere Geister außerordentlich geeigneter Ort ist.‹

»Ich hatte ordentlich getrunken und war besoffen wie vierzigtausend Schuster, aber diese Worte machten mich, offen gestanden, erschauern. Hol mich der Teufel, lieber sind mir hundert Tscherkessen als ein einziges Gespenst! Es war aber nichts zu machen, ich zog mich aus und legte mich hin ... Meine Kerze erleuchtete die Wände mit schwachem Lichte, an den Wänden hingen aber, stellen Sie es sich nur vor, Ahnenbilder, eines schrecklicher als das andere, altertümliche Waffen, Jagdhörner und ähnliche phantastische Dinge ... Es herrschte eine Grabesstille, nur im Nebensaale piepsten die Mäuse und knisterten die trockenen Möbel. Draußen war aber die Hölle los ... Der Wind sang jemand die Totenmesse, die Bäume bogen sich heulend und weinend; irgendein Teufelsding, wahrscheinlich ein Laden, quietschte jämmerlich und klopfte gegen den Fensterrahmen. Denken Sie sich hinzu, daß mir der Kopf schwindelte und sich zugleich mit meinem Kopf die ganze Welt drehte ... Wenn ich die Augen schloß, war es mir, als flöge mein Bett durch das ganze leere Haus und tanze mit den Gespenstern einen Reigen. Um meine Angst zu vermindern, blies ich vor allen Dingen die Kerze aus, da die leeren Zimmer bei Licht viel schrecklicher erscheinen als im Finsteren ...«

Die drei jungen Mädchen, die dem Oberst zuhörten, rückten zu ihm näher heran und bohrten in ihn ihre unbeweglichen Blicke.

»Nun«, fuhr der Oberst fort, »wie sehr ich mich auch
bemühte, einzuschlafen, der Schlaf floh meine Lider. Bald
schien es mir, daß Diebe durchs Fenster eindringen, bald
hörte ich ein Flüstern, bald berührte jemand meine Schulter,
– kurz, mir schwebte der ganze Teufelsspuk vor, den
jedermann kennt, der einmal nervös erregt war. Nun stellen
Sie sich vor, daß ich plötzlich mitten in diesem Teufelsspuk
und Chaos von Tönen deutlich ein Geräusch erkenne, das
wie Schlürfen von Pantoffeln klingt. Ich spitze die Ohren
und, – was glauben Sie wohl? – ich höre, wie jemand vor

meine Türe tritt, hustet, die Türe aufmacht …

›Wer ist da?‹ frage ich, mich aufrichtend.

›Ich bin es … fürchte dich nicht!‹ antwortet eine weibliche Stimme.

»Ich ging zur Tür … Es vergingen einige Sekunden, und plötzlich fühlte ich, wie sich mir zwei Frauenarme, so weich wie Eiderdaunen, auf die Schultern legten.

›Ich liebe dich … Du bist mir teurer als das Leben,‹ sagte eine melodische Frauenstimme.

»Heißer Atem berührte meine Wange … Ich vergaß den Schneesturm, die Gespenster und alles in der Welt und umschlang mit meiner Hand eine Taille … was für eine Taille! Eine solche Taille kann die Natur nur auf besondere Bestellung, einmal in zehn Jahren anfertigen … Schlank, wie gedrechselt, heiß und leicht wie der Atem eines Säuglings! Ich konnte mich nicht beherrschen und drückte sie fest in meinen Armen zusammen … Unsere Lippen vereinigten sich in einem festen, langen Kusse, und … ich schwöre Ihnen bei allen Frauen der Welt, ich werde jenen Kuß bis an mein Ende nicht vergessen.«

Der Oberst verstummte, trank ein halbes Glas Wasser aus und fuhr mit gedämpfter Stimme fort:

»Als ich am nächsten Morgen zum Fenster hinausblickte, sah ich, daß der Schneesturm noch stärker geworden war … Weiterfahren war ganz unmöglich. So mußte ich den ganzen Tag beim Verwalter sitzen, Karten spielen und trinken. Abends war ich wieder im leeren Hause und umschlang Schlag Mitternacht wieder die mir bekannte Taille … Ja, meine Damen, wenn nicht die Liebe, so wäre ich wohl vor Langeweile verreckt. Oder hätte mich zu Tode gesoffen.«

Der Oberst seufzte, stand auf und ging schweigend durchs Zimmer.

»Nun ... und weiter?« fragte eines der jungen Mädchen, ganz atemlos vor Erwartung.

»Gar nichts. Am anderen Tage war ich schon unterwegs.«

»Aber ... wer war denn die Dame?« fragten die jungen Mädchen zögernd.

»Es versteht sich doch von selbst, wer es war!«

»Nein, nichts versteht sich von selbst!«

»Es war meine Frau!«

Alle drei junge Mädchen sprangen wie von einer Schlange gebissen auf.

»Das heißt ... wieso denn?« fragten sie.

»Ach, mein Gott, was ist denn daran so unverständlich?« fragte der Oberst ärgerlich und zuckte die Achseln. »Ich glaube, ich habe mich klar genug ausgedrückt! Ich war doch mit meiner Frau nach Schewelki gefahren ... Sie übernachtete im leeren Hause im Nebenzimmer ... Es ist doch vollkommen klar!«

»Hm ...« versetzten die jungen Mädchen und ließen enttäuscht die Arme sinken.

»Die Geschichte hat so schön angefangen, aber das Ende ist Gott weiß wie ... Ihre Frau ... Entschuldigen Sie, es ist so gar nicht interessant und ... auch gar nicht geistreich.«

»Sonderbar! Sie wollen also, daß es nicht meine rechtmäßige Frau gewesen sei, sondern irgendeine Fremde! Ach, meine Damen! Wenn Sie jetzt so urteilen, was werden Sie erst sagen, wenn Sie einmal verheiratet sind?«

Die jungen Mädchen wurden verlegen und verstummten. Sie machten unzufriedene Mienen, zogen die Stirnen kraus und fingen an, gänzlich enttäuscht, laut zu gähnen ... Beim Abendbrot aßen sie nichts, kneteten Kügelchen aus Brot und schwiegen.

»Nein, es ist sogar ... gewissenslos!« platzte eine von

ihnen heraus. »Was brauchten Sie es uns erzählen, wenn die Geschichte ein solches Ende hat? Es ist gar nicht schön ... Es ist sogar unerhört!«

»Sie haben so vielversprechend angefangen und plötzlich abgebrochen ...« fügte eine andere hinzu. »Es ist einfach Hohn und sonst nichts.«

»Na, na, na ... ich habe nur gescherzt ...« versetzte der Oberst. »Seien Sie nicht böse, meine Damen, ich habe nur Spaß gemacht. Es war nicht meine Frau, sondern die des Verwalters ...«

»Ja?!«

Die jungen Mädchen wurden plötzlich lustig, ihre Augen fingen zu leuchten an ... Sie rückten zum Obersten heran, schenkten ihm immer neuen Wein ein und überschütteten ihn mit Fragen. Die Langweile war verschwunden, auch das Abendbrot war bald verschwunden, denn die jungen Mädchen aßen plötzlich mit großem Appetit.

Ein jähzorniger Mensch

Ich bin ein ernster Mensch, und mein Geist hat eine philosophische Richtung. Von Beruf bin ich Finanzwissenschaftler, ich studiere Finanzrecht und schreibe eine Dissertation über das Thema: »Vergangenheit und Zukunft der Hundesteuer«. Man wird mir zugeben müssen, daß mich alle die jungen Mädchen, die Lieder, der Mond und sonstige Dummheiten absolut nichts angehen.

Zehn Uhr früh. Meine Mama schenkt mir Kaffee ein. Ich trinke ihn aus und gehe auf den Balkon, um mich sofort an meine Dissertation zu machen. Ich nehme einen reinen Bogen, tauche die Feder ins Tintenfaß und male die Überschrift: »Vergangenheit und Zukunft der Hundesteuer«. Ich überlege eine Weile und schreibe: »Historischer Überblick. Aus einigen Andeutungen bei Herodot und Xenophon zu schließen, datieren die Anfänge der Hundesteuer ...«

In diesem Augenblick höre ich aber höchst verdächtige Schritte. Ich schaue von meinem Balkon hinunter und erblicke ein junges Mädchen mit langem Gesicht und langer Taille. Sie heißt, glaube ich, Nadenjka oder Warenjka; übrigens ist es mir vollkommen gleich. Sie sucht etwas, tut so, als sähe sie mich nicht und summt vor sich hin:

»Gedenkst du noch der Weise voller Sehnsucht ...«

Ich lese das Geschriebene durch und will fortfahren, aber das junge Mädchen tut so, als hätte sie mich plötzlich bemerkt und spricht mit trauriger Stimme:

»Guten Morgen, Nikolai Andrejewitsch! Denken Sie sich nur, dieses Unglück! Gestern beim Spazierengehen verlor ich ein Anhängsel von meinem Armband.«

Ich lese den Anfang meiner Dissertation noch einmal

durch, korrigiere die Öse beim Buchstaben »b« und will weiter schreiben, aber das junge Mädchen läßt nicht locker.

»Nikolai Andrejewitsch,« sagt sie, »seien Sie so gut und begleiten Sie mich nach Hause. Die Karelins haben einen großen Hund, und ich kann mich nicht entschließen, allein vorbeizugehen.«

Nichts zumachen. Ich lege die Feder weg und gehe hinunter. Nadenjka oder Warenjka nimmt mich unter den Arm, und wir schlagen den Weg zu ihrer Landwohnung ein.

Wenn mich die Pflicht trifft, mit einer Dame oder mit einem Mädchen Arm in Arm zu gehen, so fühle ich mich aus irgendeinem Grunde immer wie ein Haken, an den man einen schweren Pelz gehängt hat; Nadenjka oder Warenjka ist aber, unter uns gesagt, leidenschaftlicher Natur (ihr Großvater war Armenier), sie hat die Fähigkeit, sich mit der ganzen Schwere ihres Körpers an meinen Arm zu hängen und schmiegt sich an meine Seite wie ein Blutegel. So gehen wir ...

Wie wir am Landhause der Karelins vorbeikommen, sehe ich einen großen Hund, und dieser ruft mir die Hundesteuer in Erinnerung. Ich denke mit Sehnsucht an die angefangene Arbeit und seufze.

»Warum seufzen Sie?« fragt mich Nadenjka oder Warenjka und stößt auch selbst einen Seufzer aus.

Hier muß ich etwas einschalten. Nadenjka oder Warenjka (jetzt besinne ich mich, daß sie Maschenjka heißt) hat sich aus irgendeinem Grunde eingebildet, daß ich in sie verliebt sei, und hält es daher für eine Pflicht der Menschenliebe, mich immer mitleidsvoll anzublicken und meine Herzenswunde durch Worte zu heilen.

»Hören Sie einmal,« sagt sie stehenbleibend, »ich weiß, warum Sie seufzen. Sie sind verliebt, ja! Aber ich bitte Sie bei

unserer Freundschaft, versichert zu sein, daß das Mädchen,
das Sie lieben, Sie tief achtet! Sie kann Ihnen Ihre Liebe nicht
mit dem gleichen Gefühl beantworten, aber ist es denn ihre
Schuld, daß ihr Herz schon längst einem anderen gehört?«

Maschenjkas Nase wird rot und schwillt an, ihre Augen
füllen sich mit Tränen; sie scheint auf meine Antwort zu
warten, aber zum Glück sind wir schon am Ziel … Auf der
Veranda sitzt Maschenjkas Mama, eine gute Frau, doch
voller Vorurteile; als sie das erregte Gesicht ihrer Tochter

sieht, heftet sie einen langen Blick auf mich und seufzt, als wollte sie sagen: »Ach, diese Jugend versteht sich nicht mal zu verstellen!« Außer ihr sitzen auf der Veranda mehrere junge bunte Mädchen und unter ihnen mein Sommernachbar, der verabschiedete Offizier, der im letzten Kriege an der linken Schläfe und an der rechten Hüfte verwundet worden ist. Dieser Unglückliche will gleich mir den Sommer einer literarischen Arbeit weihen. Er schreibt an den »Memoiren eines Militärs«. Gleich mir macht er sich jeden Morgen an seine jede Achtung verdienende Arbeit, aber kaum hat er die Worte geschrieben: »Ich bin geboren im Jahre ...«, als unter seinem Balkon irgendeine Warenjka oder Maschenjka erscheint und den armen Kerl mit Beschlag belegt.

Alle, die auf der Veranda sitzen, sind mit dem Putzen irgendwelcher dummer, zum Einkochen bestimmter Beeren beschäftigt. Ich grüße und will mich entfernen, aber die bunten jungen Mädchen nehmen mir quietschend meinen Hut und Stock weg und verlangen, daß ich bleibe. Ich setze mich. Man gibt mir einen Teller mit Beeren und eine Haarnadel. Ich beginne zu putzen.

Die bunten jungen Mädchen sprechen über die Männer. Der eine sei nett, der andere hübsch, aber unsympathisch, der dritte häßlich, der vierte wäre nicht übel, wenn seine Nase nicht einem Fingerhut gliche usw.

»Und Sie, Monsieur Nicolas,« wendet sich an mich Maschenjkas Mama, »sind nicht hübsch, aber sympathisch ... In Ihrem Gesicht ist etwas ... Übrigens,« seufzt sie, »ist die Hauptsache am Manne nicht die Schönheit, sondern der Geist.«

Die jungen Mädchen seufzen und schlagen die Augen nieder. Auch sie sind damit einverstanden, daß die Hauptsache am Manne nicht die Schönheit, sondern der Geist sei. Ich schiele nach dem Spiegel, um mich zu überzeugen, inwiefern ich sympathisch bin. Ich sehe einen zerzausten Kopf, einen zerzausten Bart und Schnurrbart, Augenbrauen, Haare an den Wangen, Haare unter den Augen, ein ganzer Wald, aus dem wie ein Turm meine solide Nase ragt. Hübsch, das muß man sagen!

»Dafür schlagen Sie die anderen mit dem Seelischen, Nicolas,« seufzt Maschenjkas Mama, als bekräftige sie einen heimlichen Gedanken.

Maschenjka leidet mit mir mit, zugleich scheint ihr aber das Bewußtsein, daß ihr gegenüber ein in sie verliebter Mensch sitzt, einen großen Genuß zu verschaffen.

Als die Männer erledigt sind, beginnen die jungen Mädchen über die Liebe zu sprechen. Nachdem dieses Gespräch eine Weile gedauert hat, steht eines der jungen Mädchen auf und geht. Die Zurückgebliebenen beginnen sie sofort durchzuhecheln. Alle finden, sie sei dumm, unerträglich und abstoßend häßlich und eines ihrer Schulterblätter sitze nicht an der richtigen Stelle.

Da kommt aber, Gott sei Dank, das von meiner Mama geschickte Dienstmädchen und ruft mich zum Essen. Nun darf ich die unangenehme Gesellschaft verlassen und heimgehen, um meine Dissertation weiter zu schreiben. Ich stehe auf und mache eine Verbeugung. Maschenjkas Mama, Maschenjka selbst und alle die bunten jungen Mädchen umringen mich und erklären, daß ich kein Recht habe, heimzugehen, da ich ihnen gestern mein Ehrenwort gegeben hätte, mit ihnen zu Mittag zu essen und nach dem Essen in den Wald auf die Pilzsuche zu gehen. Ich verbeuge mich und setze mich wieder ... In meiner Seele kocht der Haß, und ich fühle, daß ich bald für mich nicht mehr einstehen können werde, daß es gleich zu einer Explosion kommen müsse, aber meine Höflichkeit und die Angst, den guten Ton zu verletzen, zwingen mich, mich den Damen zu fügen. Und ich füge mich.

Wir setzen uns an den Tisch. Der verwundete Offizier, der infolge der Verwundung an der Schläfe eine Kontraktion der Kiefern hat, ißt mit einer Miene, als wäre er aufgezäumt und hätte eine Kandare im Munde. Ich knete Kügelchen aus Brot, denke an die Hundesteuer und bemühe mich, da ich meinen jähzornigen Charakter kenne, zu schweigen. Maschenjka blickt mich voller Mitleid an. Es gibt eine kalte Sauerampfersuppe, Zunge mit jungen Erbsen, Brathuhn und Kompott. Ich habe keinen Appetit, esse aber aus Höflichkeit. Wie ich nach dem Essen allein auf der Veranda stehe und rauche, kommt auf mich Maschenjkas Mama zu, drückt mir die Hände und spricht um Atem ringend:

»Verzweifeln Sie aber nicht, Nicolas ... Sie hat ein so empfindsames Herz ... ein solches Herz!«

Wir gehen in den Wald auf die Pilzsuche ... Maschenjka hängt an meinem Arm und saugt sich an meiner Seite fest. Ich leide unmenschlich, dulde es aber.

Wir kommen in den Wald.

»Hören Sie einmal, Monsieur Nicolas,« beginnt Maschenjka seufzend: »Warum sind Sie so traurig? Warum schweigen Sie?«

Ein sonderbares Mädchen: worüber könnte ich denn mit ihr sprechen? Was haben wir gemein?

»Sagen Sie doch etwas ...« bittet sie.

Ich bemühe mich, etwas Populäres auszudenken, was ihren Begriffen zugänglich wäre. Nachdem ich eine Weile nachgedacht habe, sage ich:

»Die Ausrottung der Wälder fügt Rußland einen großen Schaden zu ...«

»Nicolas!« seufzt Maschenjka, und ihre Nase wird rot. »Nicolas, ich sehe, Sie weichen einer offenen Aussprache aus ... Sie wollen mich wohl durch Ihr Schweigen strafen ... Ihr Gefühl bleibt unerwidert, und Sie wollen den Schmerz stumm, in der Einsamkeit tragen ... das ist schrecklich. Nicolas!« ruft sie aus und packt mich plötzlich bei der Hand, und ich sehe, wie ihre Nase zu schwellen beginnt. »Was würden Sie sagen, wenn das Mädchen, das Sie lieben, Ihnen die ewige Freundschaft anbieten würde?«

Ich murmele etwas Zusammenhangloses, denn ich weiß absolut nicht, was ich ihr sagen könnte ... Erlauben Sie doch: erstens liebe ich kein Mädchen in der Welt, zweitens, was brauche ich die ewige Freundschaft? Drittens bin ich sehr jähzornig. Maschenjka oder Warenjka bedeckt das Gesicht mit den Händen und sagt leise, wie zu sich selbst:

»Er schweigt ... Offenbar verlangt er ein Opfer von mir. Aber ich kann ihn doch nicht lieben, wenn ich immer noch den anderen liebe! Übrigens ... ich will es mir überlegen ... Gut, ich werde es mir überlegen ... Ich werde alle Kräfte meiner Seele sammeln und vielleicht um den Preis meines Glückes diesen Menschen von seinen Leiden erlösen!«

Ich verstehe nichts. Es ist eine Art Kabbala für mich. Wir gehen weiter und sammeln Pilze. Wir schweigen die ganze Zeit. Maschenjkas Gesicht drückt einen inneren Kampf aus. Ich höre Hundegebell: das bringt mir meine Dissertation in Erinnerung, und ich seufze laut auf. Zwischen den Baumstämmen erblicke ich den verwundeten Offizier. Der Ärmste hinkt schmerzvoll rechts und links: rechts hat er seine verwundete Hüfte, links hängt eines der bunten jungen Mädchen. Sein Gesicht drückt Demut vor dem Schicksal aus.

Aus dem Walde kehren wir ins Haus zurück und trinken Tee. Dann spielen wir Krocket und hören zu, wie eines der bunten jungen Mädchen das Lied singt: »Nein, du liebst mich nicht, nein, nein!« Beim Worte »nein« verzieht sie den Mund bis zu den Ohren.

»Charmant!« stöhnen die übrigen Mädchen. »Charmant!«

Der Abend bricht an. Hinter dem Gebüsch kommt ein

44

ekelhafter Mond zum Vorschein. Die Luft ist still, und es riecht unangenehm nach frischgemähtem Heu. Ich nehme meinen Hut und will gehen.

»Ich muß Ihnen etwas sagen,« flüstert mir Maschenjka bedeutungsvoll zu. »Gehen Sie nicht.«

Mir schwant etwas übles. Aber aus Höflichkeit bleibe ich doch. Maschenjka ergreift meinen Arm und führt mich die Allee entlang. Jetzt drückt schon ihre ganze Figur einen Kampf aus. Sie ist blaß, atmet schwer und scheint die Absicht zu haben, mir meinen rechten Arm abzureißen. Was hat sie bloß?

»Hören Sie ...« murmelt sie. »Nein, ich kann nicht ... Nein ...«

Sie will etwas sagen, kann sich aber nicht entschließen. Da sehe ich es aber ihrem Gesicht an, daß sie sich doch entschlossen hat. Mit funkelnden Augen und geschwollener Nase ergreift sie plötzlich meine Hand und sagt schnell:

»Nicolas, ich bin die Ihre! Lieben kann ich Sie nicht, aber ich verspreche Ihnen Treue!«

Dann schmiegt sie sich an meine Brust und prallt plötzlich zurück.

»Da kommt wer ...« flüstert sie. »Leb wohl ... Morgen um elf werde ich im Gartenhäuschen sein ... Leb wohl!«

Und sie verschwindet. Ohne etwas zu verstehen, klopfenden Herzens gehe ich heim. Mich erwartet die »Vergangenheit und Zukunft der Hundesteuer«, aber ich bin nicht mehr imstande zu arbeiten. Ich rase. Man darf wohl sagen, ich bin erschreckend. Hol der Teufel, ich werde es nicht dulden, daß man mich wie einen grünen Jungen behandelt! Ich bin jähzornig, und es ist gefährlich, mit mir zu spaßen! Als das Dienstmädchen hereinkommt, um mich zum Abendbrot zu rufen, schreie ich sie an: »Hinaus!« Mein jähzorniger Charakter verspricht wenig Gutes.

Der nächste Morgen. Es ist ein echtes Sommerfrischenwetter, d. h. Temperatur unter Null, durchdringender kalter Wind, Regen, Schmutz und Naphthalingeruch, da meine Mama ihre warmen Mäntel aus dem Korb geholt hat. Ein teuflischer Morgen. Es ist der 7. August 1887, als die berühmte Sonnenfinsternis stattfand. Ich muß bemerken, daß bei einer Sonnenfinsternis ein jeder von uns, auch ohne Astronom zu sein, großen Nutzen bringen kann. So kann ein jeder: 1) den Durchmesser der Sonne und des Mondes bestimmen, 2) die Korona skizzieren, 3) die Temperatur messen, 4) während der Verfinsterung die Tiere und die Pflanzen beobachten, 5) seine eigenen Empfindungen aufschreiben u. s. w. Das alles ist so wichtig, daß ich mich entschloß, die »Vergangenheit und Zukunft der Hundesteuer« beiseite zu lassen und die Sonnenfinsternis zu beobachten. Wir alle standen sehr früh auf. Die ganze bevorstehende Arbeit verteilte ich auf folgende Weise: ich bestimme den Durchmesser der Sonne und des Mondes, der verwundete Offizier zeichnet die Korona, alles übrige übernehmen aber Maschenjka und die bunten jungen Mädchen. Nun sind wir alle versammelt und warten.

»Wieso entsteht eine Sonnenfinsternis?« fragt mich Maschenjka.

Ich antworte:

»Eine Sonnenfinsternis kommt zustande, wenn der Mond, die Ebene der Ekliptik durchlaufend, auf die Linie zu stehen kommt, die die Mittelpunkte der Sonne und des Mondes verbindet.«

»Was ist die Ekliptik?«

Ich erkläre es ihr. Maschenjka hört mir aufmerksam zu und fragt:

»Kann man durch ein angerußtes Glas die Linie sehen, die die Mittelpunkte der Sonne und des Mondes verbindet?«

Ich antworte ihr, daß es eine gedachte Linie ist.

»Wenn sie nur gedacht ist,« wundert sich Maschenjka, »wie kann dann der Mond auf ihr Platz finden?«

Ich gebe ihr keine Antwort. Ich fühle, wie diese naive Frage meine Leber schwellen macht.

»Es ist lauter Unsinn,« sagt Maschenjkas Mama. »Man kann doch nicht wissen, was kommen wird, auch sind Sie noch nie im Himmel gewesen; woher wollen Sie dann wissen, was mit dem Monde und der Sonne geschehen wird? Hirngespinste!«

Da rückt aber ein schwarzer Fleck über die Sonne. Allgemeiner Aufruhr. Kühe, Schafe und Pferde rasten mit erhobenen Schwänzen, vor Angst brüllend, über das Feld. Die Hunde heulten. Die Wanzen bildeten sich ein, daß die Nacht angebrochen sei: sie kamen aus ihren Ritzen gekrochen und fingen an, die noch Schlafenden zu beißen. Der Diakon, der gerade mit einer Ladung Gurken heimfuhr, erschrak, sprang aus dem Wagen und verkroch sich unter die Brücke, sein Pferd fuhr aber mit dem Wagen in einen fremden Hof, wo die Gurken von den Schweinen gefressen wurden. Ein Akzisebeamter, der nicht bei sich zu Hause, sondern bei einer Sommerfrischlerin übernachtete, sprang in Unterwäsche aus dem Hause, lief in die Menge und schrie mit wilder Stimme:

»Rette sich, wer kann!«

Viele Sommerfrischlerinnen, selbst junge und hübsche, stürzten, vom Lärm geweckt, ohne Schuhe auf die Straße. Es passierte noch manches andere, was ich gar nicht wiedergeben kann.

»Ach, wie schrecklich!« kreischen die bunten jungen Mädchen. »Ach, wie schrecklich!«

»Meine Damen, beobachten Sie doch!« rufe ich ihnen zu, »die Zeit ist kostbar!«

Ich selbst beeile mich, die Durchmesser festzustellen ... Ich besinne mich auf die Korona und suche mit den Blicken den verwundeten Offizier. Er steht da und tut nichts.

»Was haben Sie?« schreie ich. »Was ist denn mit der Korona?«

Er zuckt die Achseln und weist mit den Blicken hilflos auf seine Arme. Der Ärmste hat an beiden Armen je ein junges Mädchen hängen; sie schmiegen sich an ihn voller Angst und lassen ihn nicht arbeiten. Ich nehme einen Bleistift und notiere die Stunde mit den Sekunden. Das ist wichtig. Ich notiere auch die geographische Lage des Beobachtungspunktes. Auch das ist wichtig. Nun will ich den Durchmesser bestimmen, da ergreift aber Maschenjka meine Hand und sagt:

»Vergessen Sie also nicht: heute um elf!«

Ich befreie meine Hand und will, jede Sekunde ausnützend, meine Beobachtungen fortsetzen, aber Maschenjka hängt sich mir krampfhaft an den Arm und schmiegt sich an meine Seite. Der Bleistift, die Gläser, die Zeichnungen, – alles fällt ins Gras. Teufel nocheinmal! Dieses Mädchen könnte doch wirklich endlich begreifen, daß ich jähzornig bin und, wenn ich einmal rasend geworden, für mich nicht einstehe.

Ich will fortfahren, die Sonnenfinsternis ist aber schon zu Ende!

»Schauen Sie mich doch an!« flüstert sie zärtlich.

Oh, das ist schon der Gipfel der Verhöhnung! Man wird doch zugeben, daß ein solches Spiel mit der menschlichen Geduld nur ein übles Ende nehmen kann. Man mache mir keine Vorwürfe, wenn etwas Schreckliches geschieht! Ich werde es niemand gestatten, mich zu verhöhnen, Teufel nocheinmal, und wenn ich rasend bin, möchte ich niemand raten, mir nahe zu kommen! Ich bin zu allem fähig!

Eines der jungen Mädchen sieht es wohl meinem Gesicht an, daß ich rasend bin und sagt, offenbar mit der Absicht, mich zu besänftigen:

»Nikolai Andrejewitsch, ich habe Ihren Auftrag ausgeführt. Ich habe die Säugetiere beobachtet. Ich sah, wie vor der Sonnenfinsternis ein grauer Hund einer Katze nachlief und hinterher lange mit dem Schweif wedelte.«

So ist aus der Sonnenfinsternis nichts geworden. Ich begebe mich nach Hause. Da es regnet, gehe ich nicht auf den Balkon arbeiten. Der verwundete Offizier hat sich aber auf seinem Balkon hinausgewagt und sogar geschrieben: »Ich bin geboren im Jahre ...«; nun sehe ich aus meinem Fenster, wie eines der jungen Mädchen ihn zu sich in die Landwohnung schleppt. Ich kann nicht arbeiten, denn ich bin noch immer rasend und habe Herzklopfen. Ins Gartenhäuschen gehe ich nicht. Es ist zwar unhöflich, aber ich kann doch nicht bei Regen hingehen! Um die Mittagstunde bekomme ich einen Brief von Maschenjka; er enthält Vorwürfe, die Bitte, ins Gartenhäuschen zu kommen und ist per »du« geschrieben. Um eins bekomme ich einen zweiten Brief, um zwei einen dritten ... Ich muß gehen. Bevor ich hingehe, muß ich mir aber überlegen, worüber ich mit ihr sprechen werde. Ich will wie ein anständiger Mensch handeln. Erstens werde ich ihr sagen, sie habe gar keinen Grund sich einzubilden, daß ich sie liebe. Solche Sachen sagt man übrigens einer Dame nicht. Einer Dame zu sagen: »Ich liebe Sie nicht,« ist dasselbe, wie einem Schriftsteller zu sagen: »Sie verstehen nicht zu schreiben.« Ich will Maschenjka lieber meine Ansichten über die Ehe darlegen. Ich ziehe einen warmen Mantel an, nehme den Regenschirm und gehe ins Gartenhäuschen. Da ich mein jähzorniges Wesen kenne, fürchte ich, zu viel zu sagen. Ich werde mir Mühe geben, mich zu beherrschen.

Im Gartenhäuschen werde ich erwartet. Maschenjka ist

blaß und hat verweinte Augen. Als sie mich erblickt, schreit sie freudig auf, fällt mir um den Hals und sagt:

»Endlich! Du spielst mit meiner Geduld. Hör, ich habe die ganze Nacht nicht geschlafen ... Habe immer überlegt. Mir scheint, daß ich dich, wenn ich dich näher kennen lerne, ... lieb gewinnen werde ...«

Ich setze mich hin und beginne ihr meine Ansichten über die Ehe darzulegen. Um nicht zu weit zu gehen und mich kürzer zu fassen, beginne ich mit einem historischen Überblick. Ich spreche von der Ehe bei den Indern und den Ägyptern und komme dann auf die späteren Perioden zu sprechen; bringe auch einige Gedanken Schopenhauers. Maschenjka hört mir aufmerksam zu, hält es aber plötzlich, gegen jede Logik verstoßend, für nötig, mich zu unterbrechen.

»Nicolas, küsse mich!« sagt sie mir.

Ich bin verdutzt und weiß nicht, was ich ihr sagen soll. Sie wiederholt ihre Aufforderung. Nichts zu machen, ich stehe auf und drücke meine Lippen auf ihr langes Gesicht, wobei ich dasselbe empfinde, was ich als Kind empfunden habe, als ich bei der Totenmesse meine verstorbene Großmutter küssen mußte. Aber Maschenjka begnügt sich nicht mit dem Kuß, sondern steht auf und umarmt mich sehr leidenschaftlich. In diesem Augenblick erscheint in der Tür des Gartenhäuschens Maschenjkas Mama. Sie macht ein erschrockenes Gesicht, sagt zu jemand: »Pst!« und verschwindet wie Mephistopheles in der Versenkung.

Ratlos und rasend gehe ich heim. Zu Hause treffe ich Maschenjkas Mama, die mit Tränen in den Augen meine Mama umarmt, während meine Mama weinend sagt:

»Ich habe es selbst gewünscht!«

Dann – wie gefällt Ihnen das? – dann geht Maschenjkas Mama auf mich zu, umarmt mich und sagt:

»Gott wird euch segnen! Pass auf, hab sie lieb ... Vergiß nicht, daß sie sich dir zum Opfer bringt ...«

Nun werde ich verheiratet. Während ich dies schreibe, stehen vor mir die Trauzeugen und treiben mich zur Eile an. Diese Menschen kennen meinen Charakter wirklich nicht! Ich bin ja jähzornig und kann für mich nicht einstehen! Hol der Teufel, ihr werdet sehen, was noch kommen wird! Einen jähzornigen Menschen zum Traualtar zu schleppen ist meiner Ansicht nach ebenso gescheit, wie die Hand zu einem rasenden Tiger in den Käfig zu stecken. Wir werden sehen, wir werden sehen, was noch kommen wird!

So bin ich verheiratet. Alle gratulieren mir, und Maschenjka schmiegt sich immer an mich und spricht:

»Begreife doch, daß du jetzt mein bist! Sag doch, daß du mich liebst! Sag!«

Dabei schwillt ihr die Nase.

Von den Trauzeugen erfuhr ich, daß der verwundete Offizier auf eine höchst geschickte Weise den Ehebanden entronnen ist. Er stellte dem bunten jungen Mädchen ein ärztliches Zeugnis bei, welches besagte, daß er infolge der Verwundung an der Schläfe geistig unnormal sei und daher laut Gesetz nicht heiraten dürfe. Eine Idee! Auch ich könnte so ein Zeugnis beistellen. Ein Onkel von mir war Quartalsäufer, ein anderer Onkel war auffallend zerstreut (einmal stülpte er sich statt einer Mütze einen Damenmuff über den Kopf), eine Tante spielte viel Klavier und zeigte bei Begegnungen mit Männern ihnen die Zunge. Zudem ist mein außerordentlich jähzorniger Charakter – ein höchst verdächtiges Symptom. Warum kommen aber die guten Ideen so spät? Ja, warum?

Eine problematische Natur

Ein Coupé erster Klasse.

Auf dem mit himbeerrotem Samt bezogenen Divan liegt ein hübsches junges Dämchen.

Der kostbare befranste Fächer kracht in ihrer krampfhaft zusammengedrückten Hand, der Zwicker rutscht jeden Augenblick von ihrem hübschen Näschen, die Brosche an ihrer Brust hebt und senkt sich wie ein Nachen inmitten der Wellen. Sie ist sehr aufgeregt ... Ihr gegenüber sitzt der Beamte für besondere Aufträge beim Gouverneur, ein junger angehender Schriftsteller, der im Gouvernements-Amtsblatte kleine Novellen aus den höheren Kreisen erscheinen läßt ... Er schaut ihr unverwandt mit einer Kennermiene ins Gesicht. Er beobachtet, er studiert, er sucht diese exzentrische, problematische Natur zu ergründen, er hat sie schon beinahe erfaßt ... Ihre Seele, ihre ganze Psychologie sind ihm vollkommen klar.

»Oh, ich verstehe Sie!« sagt der Beamte für besondere Aufträge, ihre Hand in der Nähe des Armbandes küssend. »Ihre empfindliche, empfängliche Seele sucht einen Ausgang aus dem Labyrinth ... Gewiß! Es ist ein ungeheuer schrecklicher Kampf, aber ... verzagen Sie nicht! Sie werden siegen! Ganz bestimmt!«

»Beschreiben Sie mich doch, Woldemar!« spricht das Dämchen mit einem traurigen Lächeln. »Mein Leben ist so voll, so abwechselungsreich, so bunt ... Die Hauptsache aber ist, daß ich unglücklich bin! Ich bin eine Märtyrerin im Stile Dostojewskijs ... Zeigen Sie der Welt meine Seele, Woldemar, zeigen Sie ihr diese arme Seele! Sie sind ein Psycholog. Es ist kaum eine Stunde her, daß wir hier im Coupé sitzen und sprechen, Sie aber haben mich schon ganz erfaßt!«

»Sprechen Sie! Ich beschwöre Sie, sprechen Sie doch!«

»Hören Sie. Ich stamme aus einer armen Beamtenfamilie. Mein Vater war ein guter Kerl, gescheit, aber ... der Geist der Zeit und des Milieus ... vous comprenez, ich klage meinen armen Vater nicht an. Er trank, spielte Karten ... nahm Bestechungsgelder an ... Auch die Mutter ... Was soll ich davon sprechen! Die Not, der Kampf um ein Stück Brot, das Bewußtsein seiner Nichtigkeit ... Ach, zwingen Sie mich nicht, diese Erinnerungen aufzufrischen! Ich mußte mir selbst meinen Weg bahnen ... Die entsetzliche Institutserziehung, die Lektüre dummer Romane, die Verirrungen der Jugend, die erste scheue Liebe ... Und der Kampf mit dem Milieu? Schrecklich! Und die Zweifel? Und die Qualen der beginnenden Enttäuschung am Leben und an sich selbst? ... Ach! Sie sind Schriftsteller und kennen uns Frauen. Sie werden es begreifen ... Zu meinem Unglück bin ich mit einer breiten Natur begabt ... Ich wartete auf ein Glück, und auf was für eines! Ich lechzte danach, Mensch zu sein! Ja! Mensch zu sein, darin sah ich mein Glück!«

»Sie Herrliche!« stammelt der Schriftsteller, ihr die Hand in der Nähe des Armbandes küssend. »Nicht Sie küsse ich, Sie wunderbares Geschöpf, sondern das menschliche Leid! Erinnern Sie sich an Raskolnikow? Er küßte so.«

»Oh, Woldemar! Ich lechzte nach Ruhm ... nach rauschendem Leben und Glanz wie jede – warum soll ich bescheiden sein? – wie jede nicht ganz gewöhnliche Natur. Ich lechze nach Ungewöhnlichem ... gar nicht Weiblichem! Und ... Und ... ich stieß auf meinem Wege auf einen reichen alten General ... Begreifen Sie mich doch, Woldemar! Es war ja Selbstaufopferung, Entsagung, begreifen Sie mich! Ich konnte nicht anders. Ich versorgte meine Angehörigen, ich machte Reisen, ich tat Gutes ... Wie litt ich aber dabei, wie unerträglich und erniedrigend gemein erschienen mir die Umarmungen jenes Generals, obwohl er, das muß man ihm lassen, seinerzeit im Kriege große Tapferkeit gezeigt hat. Es gab Minuten ... schreckliche Minuten! Mich hielt aber der Gedanke aufrecht, daß der Alte heute oder morgen stirbt, daß ich dann nach meinem Wunsche lebe, mich einem geliebten Menschen hingeben und glücklich sein werde ... Ich habe aber einen solchen Menschen, Woldemar! Gott weiß es, daß ich einen solchen habe!«

Das Dämchen schwingt energisch den Fächer. Ihr Gesicht

nimmt einen weinerlichen Ausdruck an.

»Nun ist der Alte tot ... Er hat mir einiges Vermögen hinterlassen, ich bin so frei wie ein Vogel. Nun kann ich glücklich werden ... Nicht wahr, Woldemar? Das Glück klopft an meine Tür. Ich brauche es nur hereinlassen, aber ... nein! Woldemar, hören Sie, ich beschwöre Sie! Jetzt sollte ich mich doch dem geliebten Menschen hingeben, seine Freundin werden, seine Helferin, die Trägerin seiner Ideale, glücklich sein ... ausruhen ... Aber wie gemein, häßlich und dumm ist doch alles in dieser Welt! So niederträchtig ist alles, Woldemar! Ich bin unglücklich, unglücklich, unglücklich! Auf meinem Wege erhebt sich ein neues Hindernis! Wieder fühle ich, daß mein Glück fern, ach, so fern ist! Ach, diese Qual, wenn Sie nur wüßten, welch eine Qual!«

»Was ist es denn? Was ist es für ein Hindernis? Ich beschwöre Sie, sagen Sie es mir! Was ist es?«

»Ein anderer reicher Alter ...«

Der zerbrochene Fächer verdeckt das hübsche Gesicht. Der Schriftsteller stützt seinen gedankenschweren Kopf in die Hand, seufzt und beginnt mit der Miene eines Kenners und Psychologen zu grübeln. Die Lokomotive pfeift und faucht, die Fenstervorhänge röten sich im Lichte der untergehenden Sonne ...

Intrigen

a) Wahl des Vereinsvorsitzenden.
b) Erörterung des Zwischenfalles vom 2. Oktober.
c) Referat des ordentlichen Vereinsmitgliedes Dr. M. N. von Bronn.
d) Laufende Vereinsangelegenheiten.

Doktor Schelestow, der Urheber des Zwischenfalles vom 2. Oktober, macht sich bereit, in diese Sitzung zu gehen; er steht schon lange vor dem Spiegel und bemüht sich, seinem Gesicht einen matten Ausdruck zu verleihen. Wenn er in der Sitzung mit einem aufgeregten, gespannten, roten oder allzublassen Gesicht erscheint, werden sich seine Feinde einbilden können, daß er ihren Intrigen allzuviel Bedeutung beimesse; wenn aber sein Gesicht kalt, leidenschaftslos, gleichsam verschlafen sein wird, wie bei Menschen, die über der Menge stehen und vom Leben ermüdet sind, so werden diese Feinde bei seinem Anblick Respekt vor ihm empfinden und sich denken:

> Sein unbeugsames Haupt ragt höher als das
> Denkmal
> Des Siegers, der Napoleon bezwang!

Als ein Mensch, der sich für seine Feinde und ihre Ränke sehr wenig interessiert, wird er in die Sitzung später als alle kommen. Er wird lautlos in den Saal treten, sich mit einer müden Gebärde das Haar zurechtstreichen und sich, ohne jemand anzublicken, ans äußerste Ende des Tisches setzen. Er wird die Pose eines gelangweilten Zuhörers annehmen, kaum merklich gähnen, irgendeine Zeitung vom Tische nehmen und lesen ... Alle werden reden, streiten, sich ereifern, einander zur Ordnung rufen, er aber wird schweigen und in die Zeitung blicken. Endlich wird aber sein Name immer häufiger genannt werden und die brennende Frage in Weißglut übergehen; er wird seine gelangweilten, müden Augen auf die Kollegen heben und wie widerwillig sagen:

»Man zwingt mich zu sprechen ... Ich habe mich darauf nicht vorbereitet, meine Herren, verzeihen Sie mir darum, wenn meine Rede etwas mangelhaft ausfallen wird. Ich will ab ovo anfangen ... In der letzten Sitzung haben gewisse verehrte Kollegen erklärt, daß ich mich bei Konsilien nicht so benehme, wie sie es gerne möchten, und von mir Erklärungen verlangt. Da ich alle Erklärungen für überflüssig und die gegen mich erhobenen Vorwürfe für unbegründet hielt, bat ich, mich aus dem Verein auszuschließen, und verließ die Sitzung. Aber jetzt, wo gegen mich eine neue Serie von Anklagen erhoben wird, sehe ich zu meinem Leidwesen ein, daß ich dennoch zu Erklärungen greifen muß. Ich will also solche abgeben.«

Dann wird er, zerstreut mit dem Bleistifte oder mit der Uhrkette spielend, sagen, daß er bei den Konsilien oft tatsächlich die Stimme erhoben und die Kollegen unterbrochen habe, ohne sich um die Gegenwart Fremder zu kümmern; es sei auch wahr, daß er bei einem Konsilium den Patienten in Gegenwart der Ärzte und der Angehörigen gefragt habe: »Welcher Dummkopf hat Ihnen Opium verschrieben?« Fast kein einziges Konsilium sei ohne einen Zwischenfall abgelaufen ... Aber warum? Sehr einfach. Bei jedem Konsilium müsse er, Schelestow, über das tiefe Niveau der Fachkenntnisse seiner Kollegen staunen. Es gäbe in der Stadt zweiunddreißig Ärzte, und die meisten von ihnen wüßten weniger als jeder Student im ersten Semester. Nach Beispielen brauche man nicht weit zu gehen. Nomina sunt, natürlich, odiosa, aber in der Sitzung sei man doch unter sich, also könne er, um nicht abstrakt zu sein, die Namen nennen. Allen sei es z. B. bekannt, daß der verehrte Herr Kollege von Bronn der Beamtenfrau Sserjoschkina mit einer Sonde die Speiseröhre durchbohrt habe ...

Der Kollege von Bronn wird in diesem Augenblick aufspringen, die Hände über dem Kopfe zusammenschlagen und aufschreien:

»Herr Kollege, Sie haben sie durchbohrt und nicht ich! Sie! Und ich werde es Ihnen beweisen!«

Schelestow wird ihm nicht die geringste Beachtung schenken und fortfahren:

»Es ist auch allen bekannt, daß der verehrte Kollege Schila bei der Schauspielerin Semiramidina eine Wanderniere für einen Abszeß angesehen und einen Probedurchstich gemacht hat, was sehr bald zu einem exitus letalis führte. Der verehrte Kollege Besstrunko hat, statt einen Nagel an der großen Zehe des linken Fußes zu exstirpieren, den gesunden Nagel am rechten Fuß exstirpiert. Ich darf auch nicht den Fall unerwähnt lassen, wo unser verehrter Herr Kollege Tercharjanz dem Soldaten Iwanow die Eustachischen Röhren mit solchem Eifer katheterisierte, daß dem Patienten beide Trommelfelle platzten. Bei dieser Gelegenheit will ich noch erwähnen, daß derselbe Kollege einem Patienten beim Zahnziehen den Unterkiefer ausgerenkt hat und ihn nicht früher wieder einrenken wollte, als bis der Patient sich bereit erklärte, ihm für das Einrenken fünf Rubel zu bezahlen. Der verehrte Kollege Kurizyn ist mit einer Nichte des Apothekers Grummer verheiratet und hat mit ihm ein gewisses Abkommen getroffen. Es ist auch allen bekannt, daß unser Vereinssekretär, der junge Kollege Skoropalitelnyj mit der Gattin unseres verehrten Herrn Vorsitzenden Gustav Gustavowitsch Prechtel ein Verhältnis hat ...

Vom tiefen Niveau des Wissens bin ich allmählich auf Verstöße gegen die ethischen Grundsätze zu sprechen gekommen. Um so besser. Die Ethik ist unser wunder Punkt, meine Herren, und um nicht abstrakt zu sprechen, will ich Ihnen unseren verehrten Kollegen Pusyrkow nennen, der bei einer Namenstagsfeier bei der Oberstenwitwe Treschtschinskaja erzählt hat, daß nicht Skoropalitelnyj das Verhältnis mit der Gattin unseres Vorsitzenden habe, sondern ich! Das wagt derselbe Herr Pusyrkow zu sagen, den ich im vorigen Jahre mit der Gattin unseres verehrten Kollegen Snobisch erwischt habe! Übrigens, Dr. Snobisch ... Wer genießt das Renommee eines Arztes, von dem sich behandeln zu lassen für die Damen nicht ganz ungefährlich ist? – Snobisch ... Wer hat eine Kaufmannstochter wegen der Mitgift geheiratet? – Snobisch! Was aber unseren verehrten Vorsitzenden betrifft, so treibt er heimlich Homöopathie und bekommt von den Preußen Geld für Spionage. Ein preußischer Spion – das ist schon wirklich ultima ratio!«

Ärzte, die klug und als gewandte Redner erscheinen möchten, gebrauchen immer diese beiden lateinischen Ausdrücke: »nomina sunt odiosa« und »ultima ratio«. Schelestow wird nicht nur lateinisch, sondern auch französisch und deutsch, in jeder beliebigen Sprache sprechen! Er wird alle bezichtigen und allen Intriganten die Masken herunterreißen; der Vorsitzende wird müde werden, die Glocke zu schwingen, die verehrten Kollegen werden von ihren Plätzen aufspringen und mit den Händen fuchteln ... Die Kollegen mosaischer Konfession werden sich zu einem Haufen zusammendrängen und ein Geschrei erheben.

Schelestow wird aber, ohne jemand anzublicken, fortfahren:

»Was aber unseren Verein betrifft, so muß er bei dem jetzigen Mitgliederbestand und den jetzt herrschenden Ordnungen unbedingt zugrunde gehen. Alles ist darin ausschließlich auf Intrigen begründet. Intrigen, Intrigen und Intrigen! Als eines der Opfer dieser einen großen, teuflischen Intrige halte ich mich für verpflichtet, folgendes zu erklären:«

Er wird reden, und seine Partei wird applaudieren und sich triumphierend die Hände reiben. Unter einem unbeschreiblichen Lärm und Donner wird man zur Wahl des Vorsitzenden schreiten. Von Bronn & Co. werden ihren ganzen Einfluß für Prechtel einsetzen, aber das Publikum und die wohlgesinnten Ärzte werden sie auszischen und schreien:

»Nieder mit Prechtel! Wir wollen Schelestow! Schelestow!«

Schelestow nimmt die Wahl an, aber unter der Bedingung, daß Prechtel und von Bronn sich bei ihm wegen des Zwischenfalls vom 2. Oktober entschuldigen. Wieder erhebt sich ein ohrenbetäubender Lärm, wieder drängen sich die verehrten Kollegen mosaischer Konfession zu einem Haufen zusammen und schreien ... Prechtel und von Bronn sind empört und bitten schließlich, sie nicht mehr als Mitglieder des Vereins anzusehen. Um so besser!

Schelestow ist Vorsitzender. Vor allen Dingen reinigt er den Augiasstall. Snobisch muß hinaus! Tercharjanz muß hinaus! Die verehrten Kollegen mosaischer Konfession müssen hinaus! Mit seiner Partei wird er es erreichen, daß bis zum Januar im Verein kein einziger Intrigant übrig bleibt. Im Ambulatorium des Vereins wird er zunächst die Wände streichen lassen und ein Plakat anbringen: »Rauchen strengstens verboten«; dann wird er den Feldscher und die Feldscherin hinausschmeißen, die Medikamente nicht von

Grummer, sondern von Chrasczebicki beziehen, den Ärzten vorschlagen, keine einzige Operation ohne seine Aufsicht auszuführen usw. Vor allen Dingen wird aber auf seinen Visitkarten stehen: »Vorsitzender des Ärztevereins zu N.«

So träumt Schelestow, bei sich zu Hause vor dem Spiegel stehend. Da schlägt aber die Uhr sieben und erinnert ihn daran, daß er in die Sitzung muß. Er erwacht aus seinen süßen Träumen und beeilt sich, seinem Gesicht den matten Ausdruck zu verleihen, aber das Gesicht will ihm nicht gehorchen und nimmt einen sauren und stumpfen Ausdruck an, wie bei einem erfrorenen jungen Hofhund; er will, daß es solid sei, es wird aber lang und drückt Bestürztheit aus, und nun scheint es ihm, daß er nicht mehr einem Hund, sondern einem Gänserich gleiche. Er senkt die Lider, kneift die Augen zusammen, bläht die Backen, runzelt die Stirne, aber es ist zum Verzweifeln: es kommt dabei etwas ganz anderes heraus als er möchte. Die natürlichen Eigenschaften dieses Gesichts sind wohl derart, daß mit ihm nichts anzufangen ist. Die Stirne ist niedrig, die kleinen Äuglein schweifen unruhig umher wie bei einer unreellen Händlerin, der Unterkiefer steht so dumm und blöd hervor, und die Wangen und die Frisur sehen so aus, als hätte man den »verehrten Kollegen« soeben aus einem Billardlokal hinausgeschmissen.

Schelestow betrachtet sein Gesicht, ärgert sich, und es kommt ihm schon vor, daß auch das Gesicht gegen ihn intrigiere. Er geht ins Vorzimmer und macht sich fertig, und es scheint ihm, als intrigierten auch der Pelz, die Gummischuhe und die Mütze gegen ihn.

»Kutscher, ins Ambulatorium!« schreit er.

Er bietet zwanzig Kopeken, aber der Intrigant von einem Droschkenkutscher verlangt fünfundzwanzig ... Er setzt sich in die Droschke und fährt, aber der kalte Wind weht ihm ins Gesicht, der nasse Schnee blendet ihm die Augen, und das elende Pferd schleppt sich unerträglich langsam. Alles hat sich verschworen und intrigiert ... Intrigen, Intrigen und Intrigen!

ZWEIHUNDERT EXEMPLARE DIESER AUSGABE
SIND VOM KÜNSTLER HANDSCHRIFTLICH
SIGNIERT, NUMERIERT UND
IN HALBLEDER GEBUNDEN.

www.ingramcontent.com/pod-product-compliance
Lightning Source LLC
Chambersburg PA
CBHW030855260626
47169CB00008B/2540